十圍之樹

當代華語詩壇十家詩

洪郁芬 主編

導讀：巨木祕林的氣息
十家詩漫話

洪郁芬

當示巴女王披著薄紗輕踏黃金宮殿的階梯，隨從的仕女手執孔雀羽毛的長柄扇子，緩緩搧動她身上的乳香。風要將它吹去，直到寶座上的所羅門王拉長鼻子，起身走向迎賓的臺階。王身上獅子腋腺的野氣如沒藥席捲她靈敏的感官。或是當貝緹麗彩趁但丁瞻仰天堂的活光時飛回玫瑰高處的座位，留下一縷白花麝香的純淨。於是他的瞻仰更充滿了渴望。

詩的氣息直接通往我們的感官，藉著直覺的捷徑，召喚出我們深藏腦海裡對於人物或事件的情緒和互動。我們幾乎無須經過思考，本能的便知曉它的愉悅與否。它觸動我們的念頭和行為，挑動情慾，引發幸福的感受，或是帶來最邪惡黑暗的想法，使我們墜落幽暗的地域。如同我們總是藉由身上的氣味來辨別喜歡或不喜歡某一個人。儘管我們的嗅覺已退化，卻依然有相當的影響力。據說至今還有一個原始部落，保存了以嗅覺來擇偶的婚約儀式。

讀詩是一種超驗的過程。無關乎外部的權威與傳統，全

依賴讀者自己的直接經驗。讓每一首熱情奔放，抒發個性的詩散發他們真實的香氣，只要我們靜心地尋找我們自己的靈魂，便知曉那些屬於好詩的馨香，在心裡留下的深層悸動。這樣的悸動使我們剎那間獲得自由，不再受現實（現象界）的羈絆，而能在想像中編織一個比現實更美好的世界。愛默生說：「世界將其自身縮小成為一滴露水。」倘若這一滴露水是我們所能掌握的宇宙縮影，詩人們便背負著責任，使它永保明澈，恆久閃爍清晰的光明，和香氣——當初香水誕生於黑死病爆發的巴黎，是為了遮掩城中臭氣熏天的體味。葉慈說：「現實（自然）是難堪的。惟有超越，才更接近完美。」自然的世界原是銅的世界，詩為人類鑄造一個黃金的世界。

　　鑒於此，現代華語詩壇中已成長為巨木的詩人們，應予一個機會使他們集合起來，使他們成為蔭，為詩壇創造一個綠蔭馨香的好環境。像神木之集中於臺灣阿里山，吸收天地靈氣，以其神奇的能量和芳香，使人心神安定，使地得以純淨。這些年來，城市的叢林已遭汙染敗壞。或為個人或團體的利益，遍地建設高塔。繁華的外貌下弛廢的道德，如旅人但丁在夢裡遇見海妖西冷娜，在他眼神注視之下逐漸變得美豔動人，爾後經由一位神聖女子的指示撕開海妖的衣服露出其腹部，便馬上聞到惡臭。婕詩派詩人秀實說：「壞的詩歌語言好比城市三月之霧／讓所有輪廓模糊，讓人滑倒／或如口語般予靈魂的刺傷。」（〈暮色裡〉，7-11行）

　　這樣的巨木綠蔭是城市的饗宴，我們將不分你我，共處一段美好的時光。在迷彩中遐想，凝聽從葉隙撒落的光之旋律。或是與芳鄰大哥同坐營火邊，於好友的婚慶中觀賞森林的喜劇。荒野中我們看見一雙雪亮的翅膀，從現實的山河飛往這裡，在孤懸的月光下開出一朵神聖的花，散發著黎明的芬芳。

孤懸月光下焚落葉

　　當落日從木麻黃群後降落，夜晚我們刮掃四周的碎枝落葉，篝火。燃燒的火焰向上升進，無比的光明燦爛，輕飄，接近非體質的華美。如張國治的〈紋身〉：「要在肉軀腐敗之前／澈底的美麗，輝煌一次」。而燃燒也是一種禱告，就像兒子跟父親說話一般，發自內心，坦白摯誠，不需要運用美麗的詞藻堆砌。上帝最欣賞的禱告，便是焚燒祭物的馨香傳到上帝面前。燃燒落葉的過程也總是孤寂的。像進入內室，剖析自己的需求，與命運做交易。盼望能夠藉由這樣的交通，使明知不可能實現的願望實現。

　　現代美學加考林伍德（R. G. Collingwood）於《藝術的原理》（Principles of Art）一書說到「藝術家的自我了解也是自我創造。嘗試了解他的情感即嘗試控制情感，肯定自己是情感的人。」張國治以「理智之火」焚燒那些必須焚毀而冶鑄的材料，如清明的紙錢、高粱稈、檔案、雜草亂石或落葉，而不是那燒不起火的夜色鬼影。構成他的詩的材料有足

夠的實質抗拒焚燒,而當點燃之後,卻又使焚燒獲得滋養。
如從悲傷轉為期待的「黑」,或自在如水的「地糧之路」。
張國治的詩是他素燒的陶器,走過內心交戰的地獄之火後,
終於得見天堂。表層淡淡的憂傷,是察覺到人的力終究受制
於神和命運的力,並肯定這樣的察覺是一種生命的驅力。

營火對談

　　與芳鄰大哥同坐營火邊,聽于堅以輕快的語氣和不嚴肅
的喜劇觀,侃侃談論鄉里的凡人瑣事。「我們日日夜夜饒舌
　談論著親愛的雲南／談論那些凸凸凹凹的山崗　寨子　狗
　樹林／大路和小道　我們談論祖先　布匹和雨季／當我們
停止談論　回到黑暗中　我們睡在這裡」(〈日日夜夜談論
雲南〉,14-17行)。於是我們回到黑暗中便睡了!無需再去
思考黑暗。

　　柏拉圖時代的希臘人認為口說是知識和表達最為精細複
雜的形式。于堅藉著和另一個人對談,進入深入且複雜的思
考,之後又返璞歸真,回歸到將生活處境中所接觸的實在,
當作是最真正的實在。他坦誠地將所見的說出來,毫無虛假
和偽裝,也不多做解釋。如〈我一向不知道烏鴉在天空幹些
什麼〉的第五和六行:「我一向不知道烏鴉在天空幹些什麼
／但今天我在我的書上說　烏鴉在言語」或是〈在深夜　雲
南遙遠的一角〉第八和九行:「內心靈光一閃　以為有些意
思／可以借此說出　但總是無話」,或「在公路邊　幽靈般

地一晃／從此便沒有下文」（11-12行）。脫離了種種思想的累贅以後，才能感受物的本性。詩人已與大自然融為一體，不需要語言文字的存在所以「無話」。

　　于堅的談話中有故事，來自觀察民間的生活圖景，逐漸演繹成喜劇式的人生道理。於〈赦免〉中他說在秋天「無論誰都可以收割」，儘管那是死亡是憂傷。他的故事使我們脫離善惡得失，飛鳥般地以清明的眼光俯看這個世界。

森林喜劇

　　演員們扮鬼臉，歪嘴角，像吃飽滿意的嬰孩。每一幕都極盡的簡短和機智，以此節省心理能量的耗費。觀眾在幽默的情況下「節省」了原來要用於同情心的能量，迂迴避開了理智與批評判斷所建立的障礙，使我們從理性的束縛突然得到釋放。招小波的喜劇以嗤笑去諷刺脫離社會準則的個人行為。在〈律師事務所把監獄包圍〉他說：「通往監獄的路／律師事務所開得成市成行／如食街掛滿酒旗／令我嗅到生命之香」。又如〈岳父在陰間當了小官〉他說：「聽了岳父托的夢／我是多高興啊／即使生時沒享上清福／死後也過得舒坦／只是擔心／陰間裡的閻王／會不會進行反貪」。

　　人渴望尋求一切的意義，統一和清晰，世界卻充滿著不可理解，這種人與世界的對立就是荒謬。而荒謬主義是個很強的元素，使得潛伏存在主義者的焦慮能找到傾訴的出口。卡繆認為，建立在懷疑論之上的生活是沒有真正意義的，但

接受荒謬的誠實的人會以自己的反抗賦予生活意義。且看招
小波的詩，〈彈片，是母親唯一的飾物〉：「你不用找了／
母親是一名老八路／彈片／是她身體唯一的飾物」。或如
〈沒有指紋的人〉：「她已被當成一具行屍走肉／她怨道／
是該死的麻將牌／把她的指紋磨平了」。招小波的詩以幽默
表現一種與生命與場景分離的隔離感，以此來化解人與世界
的不可理喻之對立。

迷彩

　　與智者對座，聽他撥弄著心智的算盤珠子，剖析他的情
感橫式。碧果創造了食人間煙火的角色，二大爺和二大娘，
藉此讓詩與自己保持一個戲劇性的距離。談吐間他不時玩弄
語法，使它們失去正常功能，如〈有題的外邊〉：「我的左
邊在你的右邊／你的右邊在我的左邊」。或如〈吻〉：「眼
睛初識的　黑之中／祕密的意思，是不說什麼」。以拒絕意
述來追求稀有的語法刺激，於是我們得以從日常生活語言的
單調枯燥中得釋放，而進入多重語意的世界。

　　〈肉身麥子〉：「抽芽的麥子沖破解凍的田畝／血肉
外放的是急迫的自己／以桃與櫻盛開的肢體，貼近床第／泫
然而誕的是光。是／門窗幾何學裡解放出來的」碧果以科學
家的態度剖析情與慾，從開場掠過中場，直接跳到脫離典型
窠臼的結局，並使用數學題目般的簡短篇幅，使讀者沉溺在
他的情感恆等式裡。〈春天的街景〉：「晨間著彩衣的二大

爺釋放了自己為花／在曦霞中搖曳，芬芳的／如尾魚的意象路，是／川流不息的／詩意空間」。碧果的詩，有乾朗直率的個性，透露他曾經從軍的背景。如「把自己的腔體裂爆開來」、「黑岩上，矗立如城堡的是二大爺」、「就是站在田邊的二大爺的　圖像：／麥子。」即便有感慨，也只是情感的客觀投影，如「啊　海是一盞糾纏夜的明燈／在那兩人的心底深處亮起」。此般的「無我」莊嚴有紀律，幾乎是戰鬥的「反浪漫主義」。

窗邊遐想

姚風的詩以我觀物，故物皆著我之色彩。文體像是作者隨筆寫來的「遐想日記」，記錄了其對愛情和世界的本質的思考。日記內容是屬於天真的「歡樂頌」，而非沉重的世故謠。他思想著，並囊括了宇宙的所有。〈命運〉：「一個回眸，固定了一顆行星的軌跡和方向／就像在此時：夜晚十點三十分，窗外的宇宙／茫然得充滿了廢墟的靜謐／一縷星光，經過十億光年的旅行／最終抵達了我們的臉龐」。

姚風的詩沒有美麗的詞章，僅有輕鬆的口氣，原始的純樸與簡短，自然、赤裸與貼切，如〈鳥的年齡〉：「看風吹落葉／看鳥兒跳躍著啄食／我們滿頭霜髮，歷盡滄桑／但依舊不知道這些鳥兒的年齡」。沒有永恆的善惡或說教。那些都太沉重了！光一定要輕聲細語。甚至平靜的不激動狂喜和厭惡。如果有些許波動，那將是突如其來的，使人不知

所措並陷入遐想的超現實詩句,如〈在安達盧西亞想到洛爾
迦〉:「而我在客棧裡無法入眠/我用你的月亮砸碎了一扇
玻璃」,或如〈晨光的柵欄〉:「在身體最疼痛的地方/修
改愛情的病句」。像玻璃透光,以夢囈的語言向世人透露自
身及宇宙微妙的祕密。這些抽象的光明片刻即是命運,映照
世界萬象,如他於〈命運〉說道:「命運就在須臾之間,就
是一念之差/命運並不知道自己的命運」。

荒野之花

　　秀實於2015年成立婕詩派:用詩歌語言思考問題,以
長句的私語書寫真相而不寫世相。在現實的情況,運用其對
萬物命名與解釋的權利,界定事物真理之真實版本。書寫真
相,是向時代的挑戰。人需要從世界的假象脫身,獨立掌管
自己的生命。因此,秀實的詩敘述此時此地,此分此秒我的
感想,而沒有一種普遍化的企圖。例如在〈暮色裡〉,秀實
真實描繪自己的現在,而非想像後建構的情景:「暮色裡,
我以想像來築構那人/的一切。我未曾目睹相關的肉身/卻
經由話語感受到那體溫般的和暖」。他的詩是現代的縮影,
牽引我們到生活本身,如〈和大衛的詩〉:「三月的疫情,
四月的疫情,五月的執迷不悔/把最南的南十字星置放在
窗櫺上,我禱告/讓青草覆蓋大地讓流水彎曲的穿過城堡」
(02,8-10行)。向時代挑戰,也意味著對「社會生活」和
「積極的宇宙觀」的抗議。〈杏仁和百合〉:「這並非花

或果的名字而為一種存在的態度／我和我的詩歌均對此有
所厭惡。只因詩如命／命若詩。那晚我看著保羅策蘭在窗
前⋯⋯」。

　　秀實以直覺在剎那的靜止裡，抓住一個永遠是現在的平
面。如他於〈空氣〉說道：「讓愛如荒野之花／不被採摘不
被讚頌卻為一次生命而永存」。他的詩有驟化的作用，如荒
野之花，如王國維的人間詞話所說：「大家之作，其言情必
沁人心脾，其寫景也必豁人耳目。其辭脫口而出，無嬌柔妝
束之態。以其所見者真，所知者深也。」

山河寫真

　　郭金牛的詩有強烈的社會傾向，追求此時地，闡明存
在的事實，發掘潛在的原因，著重於環境的描寫。處理當前
的普通人，或者處理大多數人經驗過的命運與問題。具有當
代性，社會式說教主義的。他傾聽自己反省自身的經驗，
如〈春天的四克拉雨水〉：「幹嗎，往事揪住張不放？／幹
嗎，我抱著你的名字不放？／幹嗎，你守著四克拉雨水不
放？」。他責怪疾病、殘忍與暴行，如〈花苞開得很慢〉：
「江湖一詞，我一試深淺／有兩處存在危險。／貧窮／與／
疾病。／唉，世事無常。」或如〈殺人回憶〉：「表達喜悅
的時候／不宜碰上刑兄／不宜碰上權力的鐵+手銬+報告+汙
染的／白紙。／筆墨。」

　　在郭金牛的詩裡，人們要麼吃苦受難，要麼幸福快

樂,連遇見鬼都很真實,絕對不會落到玄想。例如:〈夜放圖〉:「只有我,看見女鬼開出曇花。/一定是她想家了。/她喜歡被親人接走,/可是,風一吹,她就走形了。/可是,一有亮光,她就沒了。」他的詩簡潔、俐落、真實、無以復加。他的象徵具體有形,確實存在,如〈玉蘭路〉:「有飽滿而多汁樣子。東路和西路,全長16.5公里/都是我幹的/玉蘭。有人說這是一株植物/有人說這是一個姑娘的名字」。我看見詩歌界的托爾斯泰說著一個不變的定理:「藝術傑作唯有人人可讀,人人都懂,才稱得上傑作。」

光的旋律

詩歌的美學元素為思想、意象、韻律和形式,而美麗與光明之間,又有密切的關係。安琪的詩明澈清晰,分享一顆朝一切高尚處努力的靈魂,並致力於使詩的元素全然降伏於理想形式。他將受靈感鼓舞的強烈情感形成偉大的觀念,如〈萬物奔騰〉:「我看見了隱身畫家被磨利的手/被洶湧而至的靈感激盪的心房/他一筆一畫/沉毅堅定,把萬物放置。我想/上帝就是這個樣子的」。除了以神性為輻射萬象的根源之外,有向上升進的意志力,如〈秋到〉:「秋天秋天,我剛到延邊,我也想要通體/金黃,我也要發光/我也要發亮」。

安琪以高雅的詞藻形成各類語象。在〈極地之境〉他說:「你看你看,一個/出走異鄉的人到達過/極地,摸到

過太陽也被／它的光芒刺痛」；在〈在哈尼梯田偉大的勞
作讓我們失語〉他說：「但我見過一千層一萬層的梯田在
壩達／在元陽／我見過夏日哈尼人的勞作養育出的禾苗青
青──」。崇敬、禮讚與喜悅融入他詩歌的旋律，如〈白紙
青春──觀朝鮮族舞蹈《覓跡》〉：「啊清秀的少女，天地
遼闊／如無邊的白紙，適合你奮筆疾書／美好詩篇。／你旋
轉、旋轉，彷彿一枝永遠也不想停下的／筆！」句型長短的
自由變化，韻腳多入聲和陽韻（闊、篇、轉、光、亮），重
複的技法及感嘆詞，使安琪的詩饒富高昂的音樂性。他於
〈林中路〉說：「所幸還能在迷路前找到通往你的／或者竟
是你預先鑿出等著我的路！」陽光總是透過綠葉撒在林中路
上。於是我們看見安琪再潑一桶顏料，使世界變成一片亮堂
堂的。真痛快啊！

雪亮的翅膀

　　胡茗茗的詩始於景物和周遭的人，而終於抒懷他對生命
的批評與發現。在追求真理的官能與非常可欲而非真理的情
感之間，走著中間的路線。他的詩熱情豪放，愛、淚、苦、
傷、疼等情感誠懇的奔流在字裡行間，並不時透露對於「彼
岸」的渴望。他在〈在大佛下與孩子們應答〉說：「山川幻
化為薔薇，郊野變身寒寺／溪水日夜潺潺，經過佛身時／稍
微頓了一頓，然後／向大海的開闊處，應聲而去」。在〈代
替我〉說：「愛你能抹去我身體裡的過往──／山坡下，那

曾令人想要親吻的／河北的腳印」。他的詩常記錄著出黑暗
入光明的過程，如〈過岩洞尋茶園而不遇〉：「並把光亮從
長長的泥濘裡拽出來／並最終來到我的紙上」。或如〈華盛
頓湖之夜〉：「我憂心非洲瘟豬、貿易戰和大師紛紛逝去／
男孩兒說亂世正好可釀新酒／……真快啊，新年讓男孩兒們
的翅膀／生出雪亮的絨毛」。

　　胡茗茗愛盡了天下錦繡。縱使這樣的過程，也帶給他
黑暗、苦與傷痛。〈九年〉裡他說：「我被卡在其中，斷成
兩截／愛過的身體何其遼闊／裡面的部分，九年，／外面的
部分，九年／又九年」。這樣的生活方式所帶來的結果是：
「忽想起，很久沒被人吻過／也沒好好愛過當下／——突
然，哭了」（忽想起，15-17行）。儘管坐擁天下錦繡，然而
「好好的被愛」畢竟還是女人真實的渴望？但是胡茗茗依然
愛人，並且以雪亮的翅膀飛向更高的愛，即「彼岸」。

婚慶

　　李少君的詩以「簡單」和「平常」為最高的敬語。真正
的天堂是由平常日子孕育出來的，是平常日子從人與自然相
輔相成的情愛臻至天人合一而孕生出來的。人與自然的關係
並非一種對立的征服或被征服，而是共鳴與和諧。他於〈西
山暮色〉中說：「他臉色蕭穆，和蒼茫的山色融為了一體／
他彷彿暮色裡的一個影子／隱入萬物之中……」。宇宙和我
們的自我融為了一體，反映著同一個陰影和反應著同一個聲

音。他頌讚已經擁有的，而自然便已足矣！是知足，是近於醉與夢的神遊物表，而最終達到與萬化冥合的歡樂。如〈夜宿喇叭溝〉：「山下，由清泉匯成的小溪蜿蜒流淌在花草中／每當晨曦初現，梅花鹿會穿越叢林來此低頭飲水／因為這裡的溪水比別處香甜」。

從契合而同理萬物，並由同理萬物而領受萬物的善意。在〈春祭〉他說：「桃樹李樹楊樹桂花樹／整整齊齊圍護祖居／代替你們陪伴祖先、照料院子／麻雀燕子青蛙仍舊居住四周」。與自然契合，近於空虛的境界裡，心靈是這般寧靜，連自身的存在也不自覺了！這是難得的真寂頃間，如〈黎明〉：「晨曦漸漸地掀開蒙昧世界的帷幕／我猛地意識到：這就是黎明」。將空虛的、自負的感覺從死寂般的沉睡喚醒，贏取如痴如醉的歡暢。這是他寫下的一首首婚慶詩，讚美與自然偉大的交合。

我恭請十位詩人列座。澳門一席，姚風入座應在大部分詩人意料之中，其詩歌的優秀部分來自他葡文詩歌翻譯的經驗。香港兩席，代表了香港詩歌兩種不同的語言風格。招小波的口語寫作，秀實對語言的斟酌經營，是遊走於這個華洋雜處的都會裡詩人不同的聲音。大陸五席，在虛擬的詩江湖上都具有相當的名望。于堅在雲南，郭金牛在深圳，李少君在北京，安琪在漳州，胡茗茗在石家莊。彷若五顆明亮的星子掛在遼闊的天際，構成神祕迷人的星空圖。臺灣兩席，反

而是最難取捨的。除了那些礙於版權不能收錄外,我是力圖避免重複一些殿堂級詩人的名字。所以我選了前行代碧果,和中生代張國治。兩位都是藝術家詩人,也是臺灣詩壇的特色之一。當然這個名單也與我有限的閱讀經驗與狹隘的詩歌偏好有關。華語詩壇,浩瀚如海,一席十座,只是璀璨一角,我期望還有機會可以編出第二輯的《十圍之樹》來。

筆者有幸編輯此書,感謝安琪、碧果、郭金牛、胡茗茗、李少君、秀實、姚風、于堅、張國治、招小波的恩賜。感謝秀威出版社對詩歌不遺餘力的推動。詩與美都是形而上的止痛劑,把我們引入理想的世界。走在小鎮的植物園,心中充滿感恩。不知不覺中,綠葉篩落午後的柔光。雖然小雨灑在臉上,但當我抬起頭,便發現枝葉繁茂的遮蓋已為你我而預備。

二〇二〇年六月吉日,嘉義麝燈小屋

目　次

阿里山上的十圍之樹（山水巨木）

秋到安琪

萬物奔騰／極地之境／秋到／白紙青春──觀朝鮮族舞蹈《覓跡》／少年──觀朝鮮族舞蹈《書魂》／一次性──觀朝鮮族舞蹈《花語》／光東稻浪／林中路／舞獅少年／在哈尼梯田偉大的勞作讓我們失語

安琪，女，本名黃江嬪，1969年二月出生，福建漳州人。新
世紀十佳青年女詩人。第四屆（1995年）柔剛詩歌獎得主。
詩作入選《中國當代文學專題教程》、《中國新詩百年大
典》、《亞洲當代詩人十一家》（韓國）及各種年度選本等
百餘種。主編有《中間代詩全集》（與遠村、黃禮孩合作，
海峽文藝出版社，2004年）。出版有詩集《奔跑的柵欄》、
《你無法模仿我的生活》、《極地之境》等多種。在《星
星》、《特區文學》、《經濟觀察報》、《滇池》等報刊開
設過詩歌理論、詩人訪談專欄。兩次參與編撰《大學語文》
教材。現居北京。

萬物奔騰

我們看不見上帝
但看見了他放置萬物於同一空間的神力
我們看不見畫家
但看見了他放置萬物於同一塊岩石的神力
在曼德拉山某一塊群聚著
牛羊馬駱駝雄鷹獵人弓箭⋯⋯的玄武岩上
我看見了隱身畫家被磨利的手
被洶湧而至的靈感激盪的心房
他一筆一畫
沉毅堅定,把萬物放置。我想
上帝就是這個樣子的
上帝一定是,這個樣子的

極地之境

現在我在故鄉已待一月
朋友們陸續而來
陸續而去。他們安逸
自足,從未有過
我當年的悲哀。那時我年輕
青春激盪,夢想在別處
生活也在別處
現在我還鄉,懷揣
人所共知的財富
和辛酸。我對朋友們說
你看你看,一個
出走異鄉的人到達過
極地,摸到過太陽也被
它的光芒刺痛

秋到

秋天先我一步來到延邊
它左手持調色盤，右手執畫筆
給楓樹上點紅色
給楊樹上點黃色
給金達萊上點紫色，只有樟子松
特頑固，怎麼也不讓上，好吧，秋天說
你就在你的綠色裡待著吧

一人高的玉米杆子
玉米已被摘盡，秋天秋天，我也要上色
秋天一潑顏料桶，嘩，滿滿的，滿滿的
金黃色。稻子被晃得兩眼發光，秋天
秋天，我也要金黃色！

秋天再潑一桶顏料
真痛快啊！稻穗亮了，稻稈亮了，一片
亮堂堂的世界
秋天秋天，我剛到延邊，我也想要通體

金黃，我也要發光
我也要發亮

秋天喚來太陽，一瞬間
我金碧輝煌，無比美麗！

白紙青春
——觀朝鮮族舞蹈《覓跡》

穿白衣的少女，她蓬鬆的裙子
也是白的，她的腰帶是白的，低幫鞋是白的
她的面孔也是白的，心靈也是白的
她是一張白紙尚未塗上莫名其妙的一筆
她和一張白紙共舞，白紙時而在她腳下
時而在她手上
白紙就是她的青春，無邪。
白紙就是她的愛情，虛空。
一張白紙的少女，雙手提著裙裾，躬身前行
起初只是踱步
後來就是旋轉，啊清秀的少女，天地遼闊
如無邊的白紙，適合你奮筆疾書
美好詩篇。
你旋轉、旋轉，彷彿一枝永遠也不想停下的
筆！
我看見月亮傾倒它的光芒到你身上
鼓聲激盪
簫聲神祕，每一個人都是自己的紙，和筆。

少年
——觀朝鮮族舞蹈《書魂》

少年人手一扇，不，人手一冊
在幽暗的舞臺走方步，左手背在身後
右手執扇如舉書
翩翩美少年，著白衫，外套灰褐色馬甲
把一冊書讀得
嘩嘩作響
少年少年，你從唐朝來
你從宋朝來，你熟讀四書，熟讀五經
你會漢語，也會朝鮮語
一本書被你讀得，嫵媚多姿
一本書被你讀得，剛健灑脫
俊朗的少年，展書如利劍出鞘，颯颯有聲
合書如利劍入鞘，亦颯颯有聲
此時燈光轉亮
音樂高潮迭起
少年讀書，我讀少年，我讀少年之冷峻
少年之純粹

海蘭江劇場，少年如書，被我讀
被座無虛席的觀眾
讀。

一次性
──觀朝鮮族舞蹈《花語》

自然是花謝更讓人驚心
一朵一朵，或獨自萎頓、飄零，或三五成群
從枝頭跌落，泥土地裡打滾、翻轉，漸漸地
漸漸地
退出了宇宙、退出了
自己的生命。柔軟的身子，依舊那般嬌美
卻也是那般絕望，一朵，一朵，從我們的
視線裡消失，我生命中的那些親人
也是這樣走出了我的視線
我也會這樣走出
我的親人的視線。會有綠色枝幹的花苞
從我的軀體長出，回到我們
共同熱愛的塵世，我和花擁有同一片大地
同一輪日升、月落──

這一次性的生命，我們茫然無知地出生
卻無比清醒地離去。

光東稻浪

我到達的時候
滿目只有大地金黃，稻子們低垂著稻穗
每一穗都那麼飽滿，安靜
四野看不見
一個農人但我當然知道，這壯觀的稻浪
是農人們一點一滴的汗水
匯聚而成！你謳歌秋色之美
大地鋪金
我則要禮讚犁鏵
禮讚鐮刀，禮讚泥濘的腳
禮讚
結滿老繭的手！

林中路

所幸還能在迷路前找到通往你的
或者竟是你預先鑿出等著我的路！
陌生的城市
我拋棄前生
脫胎換骨而來
我已不記得走過的山
路過的水
我已被錯亂的經歷包裹成繭
就差一點窒息
我已失語
一言難道千萬事
我愛過的人都成兄弟
繼續活在陳舊的往事裡而我已然抖落
我說相逢時不妨一笑但別問我今夕何夕
別驚訝
我麻木茫然的面孔猶存青春的痕跡
因為我曾死去多次
又新生多次

所幸還能在最終的絕路將至時猛然踏上
你的路
林中路。

舞獅少年

舞獅少年
你看不見他的臉
他們披上獅子的外衣，模仿獅子的
騰、挪、跳、躍
在一米高的鐵柱上轉身
撲球
嚇得你不斷驚叫
舞獅少年
一個舞獅子頭
一個舞獅子尾
究竟要摔打多少次才能把一件獅子布衣
舞成一頭
真正的獅子？！
究竟要在黑暗中哭泣多少回才能迎來
陽光下的掌聲
和喝彩
舞獅少年
我看見你們從獅子的頭獅子的身
鑽了出來

表情嚴肅
如同從來不笑的獅子。

在哈尼梯田偉大的勞作讓我們失語

你掏出手機
翻尋出哈尼梯田的冬日之景
收割後的田野寬窄不一，豢養著水
和水裡的魚兒牠們游動的影
豢養著天空令人欲泣的深藍，和淺藍
豢養著永不緘默的雲朵它們的白，或黑
豢養著微風或狂風、微雨或暴雨
豢養著風過梯田翻爬山梁般一層又一層
你見過一千道一萬道的山梁嗎我沒有
但我見過一千層一萬層的梯田在壩達
在元陽
我見過夏日哈尼人的勞作養育出的禾苗青青——

這鋤頭飽蘸汗水開墾出的活命的梯田
在我們的眼裡稱之為藝術。

肉身麥子
碧果

碧果，本名姜海洲，1932年生，河北省永清縣人。1949年來台，現居於北投的寓所「孵岩居」。

碧果早期詩創作特色艱深、晦澀，有超現實主義前衛風格，通過破格、切斷與離異等手法，成就了一個與「社會公語」若即若離的獨有面貌的「個人私語」，並力圖打破傳統詩的體製，在語言形式上有所創新，因而被視為詩壇異數。沈奇謂其「自守一道，特立獨行」，孟樊則予以「困難的詩人」的評價。著有詩集《秋‧看這個人》、《碧果自選集》、《碧果人生》、《一個心跳的午後》《愛的語碼》、《肉身意識》、《說戲》、《碧果中英文短詩選》、《一隻變與不變的金絲雀》、《詩是屬於夏娃的》、《驀然發現》、《碧果的詩 》(江蘇文藝出版社)、《吶喊前後：後現代詩選集》，及短篇小說集《黑河》，散文集《知乎水月》等多種。並編撰歌劇《雙城復國記》和《萬里長城》。創作版圖

橫跨詩文、歌劇和插圖，相當多元且都有出色的成績。

曾任「創世紀」詩雜誌社社長職。專事寫作及插畫。晚近目盲，2020年於台北時空藝術會場開「碧果畫展」，聊作自娛。

吻

眼睛初識的　黑之中
祕密的意思，是不說什麼
反正昨晚有雨有　夢
文字焚燒在焰紅的兩舌之間
造屋釀酒

啪！的一聲
有人怒把帽子摔在地上
唔　是春天廢耕二畝良田的二大爺。
身形消融在夜的巷口。

有題的外邊

我的左邊在你的右邊
你的右邊在我的左邊

你面對的是　山
我面對的是　水。於是

珍藏你我的
一生。被一幅潑墨完成了。

春天的街景

晨間著彩衣的二大爺釋放了自己為花
在曦霞中搖曳，芬芳的
如尾魚的意象路，是
川流不息的

詩意空間

新婦

當遺忘卻成了細節
二大爺的四肢得益於那夜南風
葉子綠了，花朵紅了
啊　擾人味蕾的是枚青杏

二大娘自此食也嘔吐，不食也嘔吐
因　夢與器官在夜與南風的迴廊內
端坐
笛卡兒背後，或哭，或笑。

自畫像

像剛剛剝好的一枚柑橘
世界的景色是全新的

方法是
二大爺把自己的腔體裂爆開來
昂首走進甬道的盡頭
驚見，白瓷盤中是枚柑橘，在閃光

如梵谷一株盛開之　葵。

一張奔跑的梯子

東牆下
一株盛綻的
桃，和
二大娘呼喚早餐的
大嗓門，
這些都是二大爺
頓悟的

通道。
霍然

二大爺忙不迭的急奔過去
竟跑成了一張　梯子。
跑在
陽
光
裡。

肉身麥子

抽芽的麥子沖破解凍的田畝
血肉外放的是急迫的自己
以桃與櫻盛開的肢體，貼近床笫
泫然而誕的是光。是
門窗幾何學裡解放出來的
一粒麥子經過黑夜
而又不得不再走向黑夜的麥子
這景致
就是站在田邊的二大爺的　圖像：

麥子。

出走的一句話語

哭聲在勃起充血的山水間扭曲
扭曲的哭聲在山水間勃起充血
任其方便。熱病漫延
勃起而充血的
緊閉著金質的門窗
全神剝開無法剝開的私我的
私我。在咒符中

手掌萬掌集結，日夜公審
解剖腔體的情節為美的坦白
是一刀劈出河流而閃現的光痕
繼之二大爺笑呵呵地站在廣場之外
歌聲四起。陽光普照

玫瑰與海

崩裂額際而狂瀉的是　海
被捲入浪花的是朵豔紅的玫瑰

推開門，他在看視中看視
床笫之上，一具白皙的女體醒著

丌然，女體異化為捲入浪花的玫瑰
反身奪門而去的他，如風外之風

二大娘晨起推窗，凝望碧色之海
黑岩上，矗立如城堡的是二大爺

啊　海是一盞糾纏夜的明燈
在那兩人的心底深處亮起

註：經詩人隱地推薦觀西片《感觀世界》有感而作之。

劇情之過場行為

冥想　透視
量稱　美艷龐大的
場域。

我　已解脫內在焰火的
質素。伸手
觸及劇情之瞬間
直覺而突然的
把自己推出門外　乃
面對當下的
一切　之
過場行為。

待秧苗及膝時
其　抽長的　靈動
發出喜悅高亢的聲調
試問　窗外的
天空　是否

也怕吵。

一個院子

一個院子，一個空空蕩蕩的院子。我們只能說它是個院
子，沒有房子，僅祇是個院子。但是院子裡邊，東一張臉
的西一張臉的掛在空中。
我霍霍的走進去
也他娘的將臉掛在這裡。混蛋！

那個嘶聲吶喊著的夏日的午後如一條瘦了的狗似的搖搖擺
擺的由那條空寂無人的小街上走出去
夏日，四肢僵硬的

無風的時刻我就會想到翅翼
想到　飛
去他娘的
我要拐扙幹啥。

魚的誕生

不管偶然或必然
獨釣寒江雪的那人
想在身後留下點甚麼
因　　雪覆蓋了一切
終究他把身體在雪裡溶入

昂首
即是　春
夜半推窗
獨釣南墙一樹梨花的

白。
他自認已佔有了自己的獨釣
在荷香四溢的日午的肉體中
下墜著雙乳與臀股的秋天來了
而他的衣角卻被高空斜飛的
一聲

雁唳
掀起。

我啊　我正在四季之外
走出心中那道無形之　門
獨釣
一尾生羽長鱗的
自己。

夜放圖
郭金牛

郭金牛，湖北浠水人，現居深圳龍華，詩作獲中國詩歌流派網好詩榜、北京國際華文詩歌獎、金迪詩歌獎、深圳市十大佳著、廣東省「桂城杯」詩歌獎、第一朗讀者最佳詩人、魯藜詩歌獎、首屆博鰲國際詩歌獎、《詩歌周刊》2018年年度詩人等獎項和榮譽，並被翻譯成德語、英語、荷蘭、捷克、蒙語，俄羅斯等多種語言。2015年參加第46屆荷蘭鹿特丹國際詩歌節和柏林世界文化宮（HKW）「100 YEARS OF NOW」。2018年參加第九屆中國作協詩刊社「青春回眸」當代詩歌研究會。著有詩集《紙上還鄉》（上海華東師範大學出版社出版）、英譯合集《龐大的單數》（英國Shearsman Books出版）和《寫詩要注意安全》（澳大利亞先驅出版社）。

許・鏡中

隔著玻璃，藏於往事
許，鏡中的花朵，是救還是推開？
那時，豆蔻花開，小小的美
種在眼裡
而今，花落，人立

於畫卷之內

一封小照和一個姓許的姓氏
一頂女式軍帽和一本詩集
一個叫做西鄉的碼頭和一艘輪船
一聲汽笛

就像離別時低沉的叫喊

我不願意離別，那時候
西鄉的桃樹和桃花也不願意離別
風扭動了一下細腰
桃花顧盼

忽然，江邊的風景換成了細細的
雨絲

好像要哭的樣子

許越哭，離別速度越快
一米／秒，十米／秒，一百米／秒
迅速奔出我的視線以外。
我忍不住叫了一聲：
許。
桃花應聲落了一地

瞬間，一些事情就像桃花一樣凋謝了

寫詩要注意安全

文藝青年已老。人口
流動。
有車水。無馬龍。不管怎麼樣，深南中路

警察拉起警戒線。
交感神經和迷走神經。分出支部

書記。
街道。

流向四處
崗夏是一個社區。出租屋是一個
詞語。
都藏著一群不安的人
打工、開店、搬遷、逛街、
宅男
宅女

他們吃飯。喝水。睡覺。尿尿。
我開始緊張起來，需要中斷幾分鐘
剛才說的那條河
它正在停電。
拐彎。
折向西去：「寫詩要注意安全」。

看呀，河流的雙眼。已乾。

夜放圖

只有我，看見女鬼開出曇花。
一定是她想家了。
她喜歡被親人接走，
可是，風一吹，她就走形了。
可是，一有亮光，她就沒了。

敏感而迅速，一路上
餓，就吃一塊夜；渴，就飲一杯黑。
差一點
曇花
就從黃泉開到了
人間

唯有在午夜
暗中搶著開
偷著開
只開那麼一小會兒
那麼短命
就像她的愛情。

她覺得，一生只開過那麼一小會
不後悔
她一定到過我的窗前
我一睜眼
她，連影子都沒有。

春天的四克拉雨水

張
幹嘛在二樓的窗口丟下眼淚
它砸傷一寸心口下的四滴雨水

四滴雨水四顆春天的釘子
四顆春天的釘子四句誓言
四句誓言四條甦醒的

小白蛇

白中的一點黑
黑中的一滴白
我從沒有溫度的眼中，看出有毒的樣子。

幹嘛三年守著一個姓名取暖
幹嘛每夜寫一個婚期取暖
幹嘛今夜不能取暖？

一張病床兩種病痛的鮮花
一雙小手兩隻溫存的話語
一場淚水比春天釘子長得更快

幹嗎，往事揪住張不放？
幹嗎，我抱著你的名字不放？
幹嗎，你守著四克拉雨水不放？

花苞開得很慢

花苞，開得很慢。
慢，太慢了，小小的女兒，上到小學三年級
需要九年的
流水陪著我，不舍晝夜

在異鄉，發生的這一切，都是值得的。

雁過也。
我師從候鳥，練習搬遷，在出租屋內乘船
在床上流浪。
江湖一詞，我一試深淺
有兩處存在危險。

貧窮
與
疾病。

唉，世事無常。

玉蘭路

玉蘭路,她年輕而漂亮,沒有長出
一棵
野草,我
擔心,它的乾淨。
白虎
有祕密之美

有飽滿而多汁樣子。東路和西路,全長16.5公里
都是我幹的
玉蘭。有人說這是一株植物
有人說這是一個姑娘的名字

螺紋鋼穿過她的身體
十字路口穿過她的身體
五金,電子,塑膠穿過她的身體
汗水,淚水,血液穿過她的身體
養著眾多的畜牲,穿過她的身體。

玉蘭路
海浪張開了蔚藍色的陰唇。白雲
在玻璃上擦來擦去。

殺人回憶

丙申年，四月初七
是日，忌嫁娶掘井 入宅 移徙 安葬
我帶著陰莖，在人民大街上瞎逛。
類似《七步詩》。
這是人間最好的時候嗎
曹丕同志？
據說，雷某（此處，隱蔽一字，你懂的）
也這般，在朝陽區，散布
岳父兩小時後抵京省親的消息
表達喜悅的時候
不宜碰上刑兄
不宜碰上權力的鐵＋手銬＋報告＋汙染的
白紙。
筆墨。
精斑。
多麼好多麼好的江山呀，難道不配一株小草
在埋首人間時
留下骨灰嗎？
多麼好多麼好的京城呀

難道不配
一個人留下一具屍體嗎？
可以確定
朝陽區有一場六月飛雪，在飛
發案的時候，當然要下一場大雪
每一片雪花，都有責任掩蓋一副損壞的睪丸
類似一個王朝輪迴的
秋決
年輕的屍兄，你好
你的名字
因溫暖成為父親
因失去體溫變成危禁品
謝謝你啊
省下蔬菜、糧食和水果
省下精子
省下妻子
省下
盛世。

這一年，法醫說
有的屍體很新鮮，有的高度腐敗。

神的隔壁，住著一個精神病人

詩歌很小，像一枚膠囊
到了晚上，我住在一枚過期的膠囊之內，東環二路
小女兒沿著時間的支流
讀完初中，唐朝的月亮
照著
她的母親，剛剛從外省買回了外省的豆腐，青菜。
神的隔壁
住著一個精神病人
他
在光明中，偏愛黑暗，在黑暗中
偏愛光明。
關心祖國、妻子的痛經、及陰莖的噴泉。

代替我
胡茗茗

在大佛下與孩子們應答／過岩洞尋茶園而不遇／華盛頓湖之
夜／代替我／無限事／舷窗外／爆破音／忽想起／十點一刻的
北京／九年

胡茗茗，中國作家協會會員，詩人，編劇，曾參加《詩刊》社第二十三屆青春詩會、魯迅文學院第二十二屆高研班。獲2010年度「中國作家出版集團」獎、第三屆「中國女性文學」獎、河北省第十一屆「文藝振興獎」、臺灣第四屆「葉紅詩歌」獎首獎、《詩選刊》年度「傑出詩人」獎等。作品散見《人民文學》《詩刊》《鐘山》等刊物及各種詩歌選本。出版詩集《詩瑜迦》《詩地道》等，詩集《爆破音》入選中國好詩第五季。

在大佛下與孩子們應答

春日遲緩，野草深入佛掌底部
飛鳥終日聒噪，並無生老病苦
孩子坐在桐樹下，正用葉子交換詩句
猛抬頭，釋迦佛以五印手語
令心安，無畏怖

我們眼眉低垂，而靈魂向上
並於雲朵中相逢、交談
有說有笑，無法無天
在紙上為文字尋找出路
在應答聲裡，相互練習鳥鳴

暗暗中，我用鳥鳴的稚氣
脫去中年的淚眼婆娑
風吹過，風鈴不止
山川幻化為薔薇，郊野變身寒寺
溪水日夜潺潺，經過佛身時
稍微頓了一頓，然後
向大海的開闊處，應聲而去

過岩洞尋茶園而不遇

我找不到一首詩的開頭藏在哪裡
就像那年明月夜，東坡先生倚著竹杖
滿山崗找不到芒鞋，就像
那日晨鐘過後，我們
穿岩洞，尋茶園，遇雨
順著指端的閃電，遠遠看到新鮮的文字
在梯田上集結
川上的雨霧讓人猶豫
在名詞和動詞間反覆拿捏
像茶農在兩畝田中選擇農具
像詩人在這一首與另一首間
始終找不到那立在傷口上的蝴蝶
是洞口的雨瀑布——
我們料想不到的事物
砸向我們這群遠觀人
並把光亮從長長的泥濘裡拽出來
並最終來到我的紙上
指端的閃電照亮茶園，這過程
與茫然四顧的詩人，何等相似

華盛頓湖之夜

時間，「再次挨緊吸引我的年代」
四個男孩兒和我，在西雅圖的夜雨裡
喝掉兩瓶龍舌蘭後，年輕的嘴巴
講述鑲黃旗、太姥爺、八大胡同的舊事
美國的小庭院裡響起京劇與Rap的混搭
浣熊和麋鹿在車燈下呆立
我們，在一盤毛豆花生的底部，呆立

這是2018年的最後一口酒
這是我在歲尾寫下的最後一首詩
「我們節節敗退的抵抗是這個時代舞臺上
最引人注目的一齣戲劇」，鮑爾斯附耳上來
我憂心非洲瘟豬、貿易戰和大師紛紛逝去
男孩兒說亂世正好可釀新酒
我拿起一本《瓦爾登湖》，我看到
梭羅的木槳在上帝的酒杯裡劃著對勾

不用抬頭，落葉正經歷下降之苦
苔蘚裡的精靈身披青銅鎧甲

真好啊，甜菜根、牛油果、鷹嘴豆
真快啊，新年讓男孩兒們的翅膀
生出雪亮的絨毛

代替我

山坡下，新年的白霧在華盛頓湖聚集
水神的光環即將擴散，明早
會蔓延到窗外，淹沒我，還有門上的風鈴

我想在美國掛個自己的風鈴
與另外一隻更為孤獨的烏鴉一起
代替我的欲言又止

代替我，在自己的屋簷下寫長長的詩
它把我帶到此地，不悲傷也絕不快樂
代替我，喝掉來自東方的曙光

哦，金酒、蘭姆、白蘭地
我愛你混合的洋氣
瀘州老窖、二鍋頭
我愛你的準確，直搗人心

愛你能抹去我身體裡的過往——
山坡下，那曾令人想要親吻的
河北的腳印

無限事

即將遠行的女兒，依偎在我懷裡
說說她喜歡的男孩兒和未來
說說枕旁睡去的貓咪，香薰燈
有一句沒一句地冒著鼠尾草的
話外音，而窗外
似乎有夜雪，簌簌而降

女兒問我今天的快樂是什麼
我起身點開一首歌，倒上一杯酒
琥珀色的傷感在燈光下晃動
瞬間，在家的雨傘下
兩顆心團在了一起
血管裡有些力量朝對方而去
你睡在兒時的乳汁上
我在黑暗裡，記錄下
今天的無限事，無限時間
無限聲「媽媽」

你不知道的是，媽媽的心跳
正背著你，如戰鼓
催促一把老淚，在星辰下面
癱下來

舷窗外

舷窗外，一朵白雲認出我
幻化作熊、兔、哈達、烈酒
飛入掌心覓食的鴿子
依舊是人間萬物，卻有了神的樣子
再無輪迴之苦

我在一頭豹子的尾部認出了父親
他正指揮一群綿羊向我狂奔
彷彿有一股力量要破窗而入
彷彿有時速一馬赫的熱淚
要驅趕萬米高空的寒流
機艙內熟睡的人們不知自己
正穿越一場盛大的相認
而時空流轉，既靜止，又飛逝

我的手，有著太多記憶，被抬起
被貼近舷窗。對著這道生死隔
我試著喊了一聲「老爸」

又學著父親的語調，暗暗叫了一聲
自己的乳名

爆破音

雲層裡的鼓點一陣緊過一陣
這是十一月的北方，墓園裡的麻雀
正啄食地縫上的積水
左右都是荒涼啊，我拾階而上
落葉比我更急於到達父親的新墳

腿一軟，我低低叫了一聲：爸爸
又大聲地叫，認認真真地叫
胸口碎大石般地叫
真過癮啊

一聲嬰兒一樣的爆破音
如今已找不到出口，除非在墓園
上唇碰觸下唇，一列火車
從山谷呼嘯而過，剩下的
全是沉默

忽想起

盛夏被只行李一夜間帶走，剩下它
縮在懷裡酣睡，縮在
我的體味、腋毛與高等動物
分泌出的愛意裡，順著它的夢境——
沒有霧霾、貿易戰與緊日子
只有食色，有遠去的宮殿和森林

再往前走，很古老的時候
世上沒有天空，世上沒有大地
只有星辰，星辰以外的星辰
並且，還沒有你
來照顧歷代的公主
她們的樣子真是清涼

轉回身，將手伸向它柔軟腹部
它摟緊我，暖和我
忽想起，很久沒被人吻過
也沒好好愛過當下
——突然，哭了

十點一刻的北京

這是房間內最後的火柴
如果火苗的顫抖，是因為我的手
拜託就讓潦草的診斷將它吹走

舉起空蕩蕩的雙臂
正像十點一刻的北京
廣廈萬千，按部就班
目無表情的人群
有著毫無懸念的劇情
就連野鴿子也有劇終可憩
病理未明的城市
指望一場熱淚的核磁共振
這是我留下的斷髮以及
用過的面紙巾，三分鐘後
門鎖一碰，蕩然無跡
除非我流淌在右肩襯衫上
那一小點點，可恥的潮濕
正如白雲之上，露水的馬蹄

九年

我愛盡了天下錦繡
針的暴力，線的棉柔
這進進出出的重疊多麼和諧
如果絲綢說不出口
那刺下去的疼，一定是女人的

多少濃雲翻捲都放下了，而我
胸有化不開的墨團，只能
描摹山水，不會小嬌娘
繡箍上塵土太深，九年前
繡上的一朵海棠，還張著小嘴
有著河北口音和體香

我被卡在其中，斷成兩截
愛過的身體何其遼闊
裡面的部分，九年，
外面的部分，九年
又九年

雪的懷念
李少君

李少君，1967年生，湖南湘鄉人，1989年畢業於武漢大學新聞系，主要著作有《自然集》、《草根集》、《海天集》、《神降臨的小站》等，被譽為「自然詩人」。曾任《天涯》雜誌主編，海南省文聯副主席，現為《詩刊》主編，一級作家。

夜宿喇叭溝

露水打濕過的星空更加晶瑩剔透
鑲在高高白樺林後面的小山頭上空

山下，由清泉匯成的小溪蜿蜒流淌在花草中
每當晨曦初現，梅花鹿會穿越叢林來此低頭飲水
因為這裡的溪水比別處香甜

馬蹄響起時，孤獨由遠而近，自幽邃的寂靜裡急馳而出

西山暮色

久居西山，心底漸有風雲
傍晚我們要下山時，他還不肯走
說要守住這一山暮色

他端坐寺廟前，彷彿一個守廟人
他黝黑樸實的面孔，也適宜這一角色
他目送我們，也目送一個清靜時代的遠去

我走了一段回頭去看
他臉色蕭穆，和蒼茫的山色融為了一體
他彷彿暮色裡的一個影子
隱入萬物之中……

春祭

回到山坳裡，回到祖居老家
就知道祖先還在，祖先與青山共在

站在樹下，清風就會吹來
祖先就在你耳邊低語
走到田野間，細小的蟲鳴聲中
祖先就沉默下來，鄉村異常安靜

桃樹李樹楊樹桂花樹
整整齊齊圍護祖居
代替你們陪伴祖先、照料院子
麻雀燕子青蛙仍舊居住四周

子孫們舉牌捧碑敲鑼打鼓排列而上
放鞭炮，燒紙錢，齊頭跪拜
紙扎的高樓大廈頃刻灰飛煙滅
祖先在遠處注視這一切

儀式熱熱鬧鬧，鄉間紅白皆喜事
但青山不動，祖先不語
人間春如舊，柳色年年新
子孫一茬一茬出生成長
祖先在山崗上，守護著此地

秋憶

陰翳林子裡，沿途看見一些墓地
秋風沙沙，鬼魂也需要被追憶
一些已經逝去的人，固執地重現
星星點點的紅白小花，似嘆息圍繞

遠山的薄霧，與我輕微的憂鬱症相適應
唯耳邊的鳥鳴，提醒一點清晰的意識和活力

黎明

在百里長川，無邊的開闊地
我隨著昏昏沉沉的大地一起醒來
恍惚中，我聽見一輛遠處的馬車
自地平線馳來，滿載著鑽鍊珠寶
一開始如風緩慢，後來加快加速奔騰
金色銀色光針隨松針嘩地一齊撒向四野

晨曦漸漸地掀開蒙昧世界的帷幕
我猛地意識到：這就是黎明
能意識到黎明的人，就是一個詩意的人

通靈的特使

這隻貓，深養於書香之家
狂躁的脾氣早已修煉得溫柔恬靜
沉香之韻味，詩畫之優劣
牠一聞便知，但不動聲色

牠對俗人也一聞便知，會躲得遠遠
若遇心儀之士光臨，牠會主動迎上去
乖巧地伏在桌椅邊，半閉著雙眼
聆聽主客對話，彷彿深諳人世與宇宙的奧祕

雪的懷念

雪，已成為都市人群的鄉愁
雪，儼然已被這個時代放逐
人們已習慣塞車和流行病
雪隱匿不見，汙染惡化加劇

雪，曾是純潔空氣的象徵
雪，是四季正常輪迴的前提
超市裡商品琳琳滿目，應有盡有
但人們製造不出雪，也買不到雪

雪國，對於我來說就是故國
燈籠、爐火和鞭炮構成的故鄉
我豎起衣領，踩著吱咯作響的雪泥
一直走到冰凌閃爍的你家的窗下

小提琴響起，天空飄來一點碎雪
再接著，濺起一大堆雪
再接著，是一場鵝毛大雪
最後，漫天飛雪，以及我渾身顫慄的激動！

巴黎印象

比起寬敞的塞納河
那些藏在幽深處的溪流更迷人

比起筆直的林蔭大道
那些曲裡拐彎的小徑更神祕

比起燈火搖曳的咖啡廳
那些公園裡的長椅更適合愛情

比起開闊平坦的廣場
那些街道的角落裡發生了更多的故事

山行

野草包裹的獨木橋
搭在一段清澈的小溪上
橋下，水淺露白石

小溪再往前流，蘆葦搖曳處
恰好有橫倒的枯木攔截
洄環成了一個小深潭

我循小道而來，至此
正好略作休憩，再尋覓下一段路

熱帶雨林

雨幕一拉，就有了熱帶雨林的氣息
細枝綠葉也舒展開來，顯得濃郁茂盛
雨水不停地滴下，一條小徑通向密林
再加上氤氳的氣象，朦朧且深不可測

沒有雨，如何能稱之為熱帶雨林呢
在沒有雨的季節，整個林子疲軟無力
鳥鳴也顯得零散，無法喚醒內心的記憶
雨點，是最深刻的一種寂靜的懷鄉方式

應該對春天有所表示

傾聽過春雷運動的人，都會記憶頑固
深信春天已經自天外抵達

我暗下決心，不再沉迷於暖氣催眠的昏睡裡
應該勒馬懸崖，對春天有所表示了

即使一切都還在爭奪之中，冬寒仍不甘退卻
即使還需要一輪皓月，才能撥開沉沉夜霧

應該向大地發射一隻隻燕子的令箭
應該向天空吹奏起高亢嘹亮的笛音

這樣，才會突破封鎖，浮現明媚的春光
讓一縷一縷的雲彩，鋪展到整個世界

和大衛的詩
秀實

秀實，香港詩人。香港詩歌協會會長，世界華文作家交流協
會詩學顧問，《圓桌詩刊》、《流派詩刊》主編。曾獲「新
北市文學獎新詩獎」（2016年）「香港中文大學新詩教學
獎」（2005年）「中國新歸來詩人聯盟，南京大學新詩研究
所『優秀詩人獎』」（2017年）等多個獎項。著有《荷塘
月色》（港版）、《婕詩派》（臺版）、《臺北翅膀》（臺
版）、《像貓一樣孤寂（中英雙語詩集）》（港版）等十七
種詩集，《劉半農詩歌研究》（港版）、《散文詩的蛹與
蝶》（港版）、《我捉住飛翔的尾巴》（大陸版）、《止微
室談詩1-3冊》（臺版）等九種詩歌評論集。並編有《燈火隔
河守望 ── 深港詩選》（港版）、《風過松濤與麥浪 ── 臺
港愛情詩精粹》（臺版）、《呦呦鹿鳴 ── 我的朋友108家
精品詩》（港版）等詩歌選本。於詩生活網站poemlife.com
開設有詩歌專欄「空洞盒子」。

暮色裡

暮色裡，我以想像來築構那人
的一切。我未曾目睹相關的肉身
卻經由話語感受到那體溫般的和暖
設想相互擁抱時，縱然大雪紛飛
而我們卻有南國小樓上那種潮濕的薰熱
也可藉詩來判定那相關的性情。而文字
即一場暮色。我認為最好的詩歌
其文字便即一場界乎陰陽間的暮色
壞的詩歌語言好比城市三月之霧
讓所有輪廓模糊，讓人滑倒
或如口語般予靈魂的刺傷。我看到那人
正穿越在暮色裡，因之我認定那即
生命中詩歌的遇見。詩讓命穿越陰陽
並有愛。那無關於世間所有的事物
是一個王國仍保有瓊樓玉宇
看欄外萬里河山，也在同一暮色裡黯落

（2018.9.29 午後1:40，於將軍澳婕樓。）

雨天，在胡思二手書店想念遠方

來到這間書店，窗外仍舊雨聲沙沙
燈火點燃著那脂粉般的夜色

忘不了那甜與溫暖的平原如腹
而現在，我流浪中要思念著這個

永恆的遠方。我已設定了季節與風向
堆積了足夠的糧草餵貓，種植大片的

檸檬樹，儲存陽光和維生素C
讓妳健康地歡笑，也想著那相同的遠方

墓誌銘

這個人已了無聲色，名字晨有露水夜沾寒霜
他的所有文字漂流於時間之河上
從此只愛星子幽邈之光如
仍有一個人站著，凝視著他的灰燼

（2019.11.4 早上11時婕樓。）

秋分前

萬物都在檻外靜悄悄的等待著秋分的旅人
它在山上把渾圓的秋月用葉落漸稠的枝椏慢慢削薄
午後我坐在陽臺看山，秋色漸濃了
一半是因為睡眠過多，一半是因為相吻不夠

我拚命吻著我的愛人，我說快秋分了
身軀感到有潛伏著的涼意，像一場病要在秋雨來臨時發生
仍在看山，並看到山脈的起伏如潮汐般
然後它靜止，像總有不可思議的事埋藏著

那裡有屬於我的一片森林，我曾迷失在那裡
但我也與相遇的人相遇在那裡，而現在
我知道鰲鼓濕地來了很多候鳥，牠們也相信
愛，和這個秋分。明天我將與我的愛人到這裡把臂同遊

然後她離開了，說明早九時半再來找我
陽臺外的萬物漸昏黯，燈火點亮了夜空的遼闊
我感到肉體正在腐朽為一場流感，但我相信秋分之前
會有螢火蟲自我的體內誕生，並有永不熄滅的光

驚蟄，又過穗園

我在樹影與燈光下穿過了永恆的日子
生命裡所有的色彩與溫度都已然出現
在有紅綠燈的闆巷中，一切卻如禾穗般簡單
一個信念孕育在夜間，在夢裡，復在清晨的雨水聲中

龍口西路是一條短促的河流，但流水平靜如惦念
店鋪燈火亮了又熄滅，人臉桃花般往來
我寧願無名，寧願讓一個愛可以轟然的來到
那些文字的聲與色，都裝點著你的樸素無華

簡陋的旅館內，困鎖著一個灑落微雨的夜晚
寒意在這個驚蟄中悄然來臨
想念著的柔軟，想念著的體溫與寧靜話語
遠離繁華，拒絕盛世，是我的暮年

（2017.3.13. 零時45分，將軍澳婕樓。）

杏仁和百合
──夜讀保羅‧策蘭

這並非花或果的名字而為一種存在的態度
我和我的詩歌均對此有所厭惡。只因詩如命
命若詩。那晚我看著保羅策蘭在窗前
細數杏仁,並說,數那苦的讓你睡不著的
把我也數進去。然後他投河自盡了
我想抄襲他的,包括這命這詩──

然而,我的生命有了新發現
我疑惑著會有一個紫百合般的女子出現
她不曉算數,不辨歲月,尋找清新的空氣與水
從此我懼怕死亡與蒼老,以詩相依
我會說,你那邊也有雨。雨中的花與果實
在滋潤中成長,然後腐朽為螢

而我心裡保羅策蘭並未死去,他流螢般
一場夜雨後在窗前劃過再劃過
杏仁散落於地,百合褪下了它的色彩
那紫整個的塗沫在光陰裡,叫蜜

在窗前我細數星星，數那牽掛讓我
睡不著的，把你也數進去

（2018.4.16.夜11:45，於臺北城大安區福華文教會館606
房。）

大象
──散文詩K系列：動物園

敗亂的空間裡我不知道如何讓一些事物有更好的安放。那個夜晚窗外有海鷗經過，我在一個旅館內，把一頭大象也帶來了。

大象蹲在狹小的房間裡，我在床上讀著一篇翻譯小說。燈光黯淡。那些橙黃的光如幼絲般散落。而我清楚知道，我們並不是一個馬戲團的表演者。

海鷗飛翔時，帶來了很強的氣流，讓風雨聲在窗外呼嘯作響。我放下翻譯小說，疑惑地思想。外邊應有上萬隻海鷗飛翔吧！會不會有一隻撞破窗門，跌倒在大象如灰黑泥土般的身上呢？

大象開始沉睡了，混濁的呼吸聲瀰漫在空間內。所有的都好像不平靜，而我正努力維持那一點寧靜。
那是我的祕密。如果我在網路上公布了，K會說，那個人不是我。

（2014.9.17珠海）

空氣

終於知道空氣的形狀如一綑糾纏不清的絲縷
尋不回起點又看不到邊界。如蛹
困頓其中不在乎日漸肥胖的腰腹。它還是電波
游走於四周。在溝渠般的街道與爬滿
蟻螻的土坑中。搞砸時間顛倒日夜拼砌出
荒誕不經的空間。它不流動。流動時叫秋風
那時我才醒來，在簷下讀小說、寫分行
想念遠方一個住著情人的城鎮，有海岸彎曲
山脈連綿。我才擁有破繭而出的力量

有一種特效藥牌子叫婕詩派。這幾年間我常服用
溫醇的粒子中含有悲愴的薄片。小嚼提神
大口吞噬時會感到心如鹿撞，肌肉如土壤般
遍植隱藏了牛羊的蘆葦林，話語有豹之詐虎之威
它成分複雜，具有多重性的微物連結
它也能治癒平庸之愛。讓愛如荒野之花
不被採摘不被讚頌卻為一次生命而永存
它無限期，不逢時也不過時，在空氣中不變質
並在晚鐘時沉澱，早禱時隨晨光復甦

和大衛的詩

01 耶和華是我的牧者，我必不致缺乏。

我要我是孤單的，如一隻草原上的羊
我要我是一隻中國羊，雙角銳利
並有美麗的弧度可以刺殺埋伏在草原裡的
魔鬼。草長得很高，魔鬼披著褐黃色的葵花紋
常化身為一頭獵豹埋伏在所有可能的空間裡
飲食危險，居住危險，遷徙也危險
天空暗黑時滿空星光薄弱，但我相信牧者
相信牧者的手杖。指引我走出叢林和沼澤地
附子療饑飲鴆止渴的世間仍在
仍有以時速一一五公里的獵豹如流星穿越

02 他使我躺臥在青草地上，領我在可安歇的水邊。

在平靜的溪水中看到我的柔軟和潔白
看到渺遠的雲縷，澄藍的是一個復活的日子
風雨中一切都在氧化中陳舊，變了色
變了味也變了形狀。我信仰著的卻是不變
沒有硬殼的夢落在青草坪上，築一個亭子在水邊

可以安歇也可以等待。等待一個諾言能
救贖，讓一粒種子在水邊發芽。然後我看到
三月的疫情，四月的疫情，五月的執迷不悔
把最南的南十字星置放在窗櫺上，我禱告
讓青草覆蓋大地讓流水彎曲的穿過城堡

03 他使我的靈魂甦醒，為自己的名引導我走義路。

把全世界收納在一把雨傘底下，雨水這樣便落在
世界以外。我行事，我寫詩，持劍握筆
但讓所有的都留待到最後的審判。那藏鏡人
仍在，帶有復仇的計畫，懷有不為人知
的詛咒。不拯救溺水者，不告知毒蜂的巢穴
在嘉南美地我終於看到光，看到真實的色彩
古老的鐵道總有不變的軌跡。行不由徑
我緩緩走過山蔭路，走過射日塔
一個名字叫耶和華的，是信，是望
並有兩種愛，卻都喊著相同的名字

04 我雖然行過死蔭的幽谷，也不怕遭害，因為你與我同在，
　你的杖、你的竿都安慰我。

手無寸鐵的浪遊在一個罪惡的城市中。旭日東升時
城門開，日薄西山時城門關。我的浪遊僅僅
由南方的一間紅色旅館開始而終於北方
一座綠色叢林。旅館有美味的魚與餅乾
叢林隱藏著許多瀕危的鳥獸。所有的
牆壁都塗抹了不同的色彩，而我如在迷宮裡
尋不到出路。如落入一個絕對的幽谷中
杖與竿原來不過為叢林的樹而現在卻
生長在我心裡。深處有根鬚，寒天會
落葉。死亡將如一個睡夢般，柔軟可愛

05 在我敵人面前，你為我擺設筵席，你用油膏了我的頭，使
　我的福杯滿溢。

自封為相，渴望封建生活。而仇敵總是
較流落民間的妃子先出現在門後。常時酒酣夜宴
常時在燈紅酒綠後孤身藏於青燈黃卷之間

避禍為恐不及。而漫長的疫情蔓延中
終於等來了最後的一場筵席：有福杯趨吉
筵席內有我念念難忘的南臺灣芒果與纏綿之吻
筵席外是敵人敲盾擊戈喊殺連天的決戰書
記憶中的那唯一的黑豹，牠受傷饑餓，隱伏於
落寞的樹上。而牠滿身油膏般的亮澤
最終尋到一個高崗，讓牠如沐神光般的蹲著

06 我一生一世必有恩惠、慈愛隨著我，我且要住在耶和華的
　　殿中，直到永遠。

止微室的晚上充滿安寧。我的詩稿混雜在
經書之間。主禱文與大衛的詩與粲花館詩鈔與
婕詩派。所有的文字都是慈愛的
如春日暖陽沐浴了每一顆卑微的種子
春去了，然後夏天的大雨沖刷著每一條尋常巷子
恆常的喜悅降臨人世間。秋雲鋪平了天空
然後黑面琵鷺又來到這裡，仍然是我
來到了耶和華的殿，門前積雪的臺階足印稀疏

遠方仍有戰爭仍有愛。漫天雨雪霏霏
而我從此不回來只留一盞燈溫暖生命

（2020.4.2 午後1時將軍澳婕樓。）

韋基奧橋上
姚風

在安達盧西亞想到洛爾迦／長壽苦／孤獨／命運／鳥的年齡／晨光的柵欄／韋基奧橋上／攜帶著你喜歡的事物／完整

姚風，原名姚京明，詩人，翻譯家。生於北京，後移居澳
門，現任教於澳門大學葡文系。

著有中葡文詩集《寫在風的翅膀上》、《一條地平線，兩種
風景》、《瞬間的旅行》、《黑夜與我一起躺下》、《遠
方之歌》、《當魚閉上眼睛》、《大海的檸檬》以及譯著
《葡萄牙現代詩選》、《澳門中葡詩歌選》、《安德拉德詩
選》、《中國當代十詩人作品選》等十多部。曾獲第十四屆
「柔剛詩歌獎」和葡萄牙總統頒授「聖地亞哥寶劍勛章」。

在安達盧西亞想到洛爾迦

洛爾迦一定是看著雪山寫詩的
你的詩句
是從雪山流下的溪水和月光

雲朵飛累了，就變成了雨
我用風背誦你的橄欖樹和群山

「馬在山中，船在海上」
看見兩匹馬，戴著黑色的眼罩
看見一隻船，鏽蝕在沙灘上
到處都是歡笑的遊客
迎面而來的年輕人，讀過洛爾迦嗎？

夜晚如此安靜
而我在客棧裡無法入眠
我用你的月亮砸碎了一扇玻璃

長壽苦
——致聶華苓老師

九十高壽，本該是福
沒有養生，也沒有煉丹術
就已經抵達
你卻長歎一聲，長壽苦啊！
和你一起走路的人
差不多都離開了
你最心愛的，那個和你一起寫詩餵鹿的人
也走了

山川依舊
但大河已不是以前的大河
青山也不似以前的青山
甚至掛滿客廳的面具
也都對你改變了表情

你讓頑強的記憶篩選往事
把幾個詞語和一些人的名字刻在石頭上
然後選擇忘記其餘

你說，以前大河彷若流進了窗子
現在已經看不到大河了
樹長得太高了，長到了天上

和你告別時，你佇立在窗前
夕陽的餘光剪裁著你的身影
這是另一個暮晚的開始
你的臉抵著玻璃

孤獨

當我和我在一起也會厭倦
孤獨已是最好的陪伴
但我的孤獨不是一匹衰老的獸
也不是一座花園

我的孤獨是一個青年
他看不見迎面而湧的人群
只看見了
遠處的大海與高山

命運

命運有時浩大、遙遠，有時虛無、神祕
不可預知
無數大道朝它延伸
但決定命運的
往往是迷路之後見到的小路
或者是弗羅斯特沒有選中的那條路
或者不是路
只是一個眼神，一個微笑，一滴眼淚
一個詞語，一個電話，一道掠過心間的閃電
一場衝進窗內的暴雨
抑或只是一個瞬間，一個動作
命運就在須臾之間，就是一念之差
命運並不知道自己的命運

如果光緒皇帝沒有喝掉慈禧準備的那杯鴆酒
如果塞巴斯蒂昂國王果真在霧靄彌漫的清晨返回里斯本
如果懷上希特勒的母親突然在大雪紛飛的夜晚流產
如果黛安娜王妃那晚沒有與埃及情人幽會

那麼，一個王朝、一個國家或者一個人的命運
就會有另外的命運

就像在那一年，在那一個瞬間
一個回眸，固定了一顆行星的軌跡和方向
就像在此時：夜晚十點三十分，窗外的宇宙
茫然得充滿了廢墟的靜謐
一縷星光，經過十億光年的旅行
最終抵達了我們的臉龐

鳥的年齡

那時候，每條路都是遲緩與蹣跚
我依舊拉著你手
去秋天的公園散步
累了，就坐在綠色的長椅上
看風吹落葉
看鳥兒跳躍著啄食
我們滿頭霜髮，歷盡滄桑
但依舊不知道這些鳥兒的年齡

晨光的柵欄

說，或者不說，其實都是在念你
就像我穿越的這片土地
遼闊得已經沒有了詞語
只能無言地長出麥子、大豆和玉米
還有你喜歡的蘋果與甜橙
你拿起鐮刀，就會收穫糧食
你把手伸向天空，就會得到翅膀
因此，在晨光的柵欄中
我繼續為你按時醒來
在身體最疼痛的地方
修改愛情的病句

韋基奧橋上

翡冷翠，韋基奧橋上
一個義大利青年旁若無人
像饑餓的獅子狂吻他的女友
他們的金髮在風中飄揚
點燃了黃昏
所有的雲朵都在燃燒

在霞光裡，在黑夜中，在街頭，在床榻上
此刻全世界有多少人在相擁，在親吻，在纏綿？
六億，還是十億？

我緊緊地抱住你
哪怕你並不在我的身旁

攜帶著你喜歡的事物

今天，在與時間的鬥爭中
要停下手中的斧子，回首
向時間致意。是時間
恩允一個生命從春天開始生長
靜美地走到枝頭綻放，綻放
打開空氣與季節，你周遭的世界
都結出你的果實。而你的眸光
是否填寫過憂傷的年齡和籍貫？
今天，在驛站的晚會
你將用微笑接受祝福
然後攜帶著你喜歡的事物
繼續前行，而你的背影
又是誰的專利和財富？

完整

1

我站在窗前，抱住你
看街上車水馬龍
感覺時光如獅子奔跑
人群漸行漸遠，被遠方抹掉

風，吹亂你頭上的雲
吹碎了天空

我們只顧眺望，忘記了言語
直到天空飛出晚霞
直到你在我的身上
長出翅膀

2

想到你，湖水濺起水花
一條魚躍出水面
又潛回水底

陸詩人說，這湖裡有一種白條魚
抓上來撒些鹽，油炸
好吃極了

我還在想著你，在水裡
在油鍋裡
在鹽裡

3

你停下來，我為你脫掉鞋子
抖落掉裡面的最後一顆沙子
這樣
你送給我的沙漠就完整了

雄獅

于堅

只有大海蒼茫如幕／芳鄰／蘋果的法則／我一向不知道烏鴉在

天空幹些什麼／在深夜　雲南遙遠的一角／主宰落日／祭祖／

種樹者呵　你得小心／日日夜夜談論雲南／赦免

于堅，1954年8月出生於昆明，文革期間中斷學業，開始在工廠中當工人10年，1980年至1984年在雲南大學中文系學習。畢業後擔任國家分配的《雲南文藝評論》雜誌編輯一職。2016年于堅調動至雲南師範大學文學院，現為該院教授和西南聯大新詩研究院院長。1985年于堅與同仁在南京創辦了頗具影響力的非官方詩刊《他們》。1986年發表《尚義街六號》，並因此一舉成名。于堅等逐漸形成了對中國80年代詩壇產生重要影響的所謂「他們詩群」，被稱為第三代詩歌。反對唱高調，拒絕隱喻，重建日常生活的神性，詩到語言為止。

90年代以來于堅作品受到更廣泛認可，1994年創作的長詩《0檔案》被譽為當代漢語詩歌的一座「里程碑」。2002年于堅獲得「華語文學傳媒大獎」年度詩人獎，2018年再獲該獎的年度傑出作家獎。 2004年他出版了5卷本《于堅文集》。于堅的作品已被譯成多種語言出版。與《0檔案》同名的于堅詩集經馬

海默（Marc Hermann）翻譯成德文，由德國霍勒曼出版社於
2010年出版，並獲德國第十屆「感受世界」亞非拉文學評選第
一名。于堅也曾獲臺灣《聯合報》第十四屆小說獎的詩歌獎。

只有大海蒼茫如幕

春天中我們在渤海上
說著詩　往事和其中含意
雲向北去　船往南開
有一條出現於落日左側
誰指了一下
轉身去看時
只有大海滿面黃昏
蒼茫如幕

芳鄰

房子還是這麼矮
櫻花樹已長得高高
向著晴朗朗的藍天
亮出一身活潑潑的花
就像那些清白人家
在閨房裡養出了會刺繡的好媳婦
這是鄰居家的樹啊
聽春風敲鑼打鼓
正把花枝送向我的窗戶

蘋果的法則

一顆蘋果　出生於雲南南方
在太陽　泉水　和少女們的手中間長大
根據永恆的法則被種植　培育
它永恆地長成球體　充滿汁液
在紅色的光輝中熟睡
神的第一個水果
神的最後一個水果
當它被摘下裝進籮筐
少女們再次陷入懷孕的期待與絕望中
她們和土地都無法預測
下一回下一個秋天
墜落在籮筐中的果實
是否仍然來自神賜

我一向不知道烏鴉在天空幹些什麼

我一向不知道烏鴉在天空幹些什麼　書上說牠在飛翔
現在牠還在飛翔嗎　當天空下雨　黑夜降臨
讓牠在雲南西部的高山　引領著一群豹子走向洞穴吧
讓這黑暗的鳥兒　像豹子一樣目光炯炯　從岩石間穿過
我一向不知道烏鴉在天空幹些什麼
但今天我在我的書上說　烏鴉在言語

在深夜　雲南遙遠的一角

在深夜　雲南遙遠的一角
黑暗中的國家公路　忽然被汽車的光
照亮　一隻野兔或者松鼠
在雪地上倉皇而過　像是逃犯
越過了柏林圍牆　或者
停下來　張開紅嘴巴　詭祕地一笑
長耳朵　像是剛剛長出來
內心靈光一閃　以為有些意思
可以借此說出　但總是無話
直到另一回　另一隻兔子
在公路邊　幽靈般地一晃
從此便沒有下文

主宰落日

此番帶回一隻陶罐
不知道以前盛過什麼
泉水　泔水　眼淚　雨
孔雀王朝的圓？　漏掉了
被新德里的廚房拋棄　就要跟著水
重返無形的泥土　被我撿來
置於客廳一隅　略低於我
高於其他東西　我因此
顯露了暗藏著的統治者天賦
我的統治為統治者們不屑
主宰一隻陶罐　不是它早已失蹤的用途
是這個略扁的渾圓　這表面的裂紋
這暗紅色　這恆河平原
灰塵中的落日

祭祖

我祖父他叫于南軒　我從沒見過他
只發現一座墳墓　三個碑挨著　祖父
祖母陳彩芹　還有他們的啞巴僕人
一頭牛躺在正午的原野　幽綠的夏日
蘋果和橘子尚未成熟　花生沾滿泥巴
一部分堆在土地廟廢墟的空地裡
一條老狗從陰影間穿過　小時候我父親
提到他　就像提到一個埋頭寫字的囚犯
他澆水　餵金魚　劈柴　讀《論語》
皎潔的冬天　將月光的銀子倒在梅花樹下
站在院子裡聽著什麼　等著陶潛
孤獨的地主　最後餓死在自己的甘薯地裡
當他們死去時　沒有人在那兒
一朵鉛灰色的烏雲蓋著他們　沱江那邊
傳來布穀鳥的叫聲　牠沒有叫得太久

種樹者呵　你得小心

看哪　家門口那棵杜英樹長成了一座廟宇
可沒想到　多年前拖著小苗來　只是種下
並不想要它成材　像那些收費昂貴的學校
在自家門口種棵樹　不是很自然的事嗎
挖坑　澆水　培土　然後讓雨或閃電
去接管吧　長成什麼是什麼　天知道　我僅
種下　就長出了一個宇宙　偉岸　莊嚴　高邁
密實　肥沃　幽深　梁柱搭起　尖塔高聳　新的
岸　鳥兒來朝　神明若隱　我並不具備這些知識
僅利用過一把鋤頭　一隻水桶　牢記先人規矩
動土前　翻開黃曆　算出好日子　從未料到事情如此
堂奧　不經意的小遊戲　被如此地精耕細作
如此地大用外腓　真體內充　這等構思　這等匠心
這等手藝　這等做工　是哪個　一直背著我作業
哦　這可是一座風鈴閃閃的大廟　居然與我的陋室
只有一步之遙　我可以走到樹葉下面　獲得
蔭庇　接受恩賜　超凡入聖　也將隱逸　在暮年
從前任它自生自滅　現在要像主人那樣　因下屬
茂盛於自己而嫉妒　砍掉它　我可不敢　偉大的

越位　令我原形畢露　令我敬畏　感恩戴德
再不敢自以為是　種樹者呵　你得小心

日日夜夜談論雲南

我們住在這裡　生下了小孩
我們日日夜夜談論著雲南
在高原上談論湖泊　在春天中談論梨花
在冬天談論雪　在秋天談論雲
在風暴中談論孔雀　在大象中談論牙齒
我們談論喇嘛　談論石頭　談論土豆
談論翡翠和黃金　斑銅　我們談論老鷹
烏鴉　劍麻　麻布和蒼山十九峰
就像孔子　我們在峽谷中談論河流
就像康德　我們在西山頂談論星空
我們談論一盞燈　一輛馬車　一袋蕎子
在昆明的酒吧長談四個小時　小粒咖啡
民歌　西雙版納的佤族女子　水田 竹筒
我們日日夜夜饒舌　談論著親愛的雲南
談論那些凸凸凹凹的山崗　寨子 狗　樹林
大路和小道　我們談論祖先　布匹和雨季
當我們停止談論　回到黑暗中　我們睡在這裡

赦免

玉米亮了　羊群更活躍
石榴園初顯黯淡　穀倉敞開大門
橡木酒桶閃著光輝　天空高藍
馬車昂首跑向田野　螞蚱在飛
河流退去　石頭出現在深淵
落葉滾滾　手拉手走回大地
一切都朝終點湧去　如果你還在路上
你也要加入　如果你還沒有鐮刀
你去向落日討一把　如果你還沒有頭髮
風會撫摸你的頭頂　無論誰都可以收割
無論誰都會收穫　收穫糧食　收穫憂傷
收穫死亡　這是秋天　盛大慈悲的秋天
神已經赦免了貧乏

黑色可頌
張國治

黑色可頌／清明的詩／高粱稈／檔案／孤懸月光／美麗的存

在／紋身

臺灣師範大學美術學系學士，美國芳邦大學（Fontbonne University）藝術碩士，福建師範大學美術學專業文學博士。曾任臺灣藝術大學視覺傳達設計學系專任教授兼學系主任、研究所所長，文化創意產學園區文創處處長，推廣教育中心主任，目前為臺灣藝術大學視覺傳達設計學系專任教授及創意產業設計研究所博士班教授，碩博士導師。除學術專長外並專長於繪畫、攝影創作及現代詩、散文、藝文評論等書寫。

曾得過20餘次的文學、美術獎項，2000年起參與聯展及個展之展覽經歷計，已逾100場以上。著作有詩集：《三種男人的情思》、《雪白的夜》、《憂鬱的極限》、《帶你回花崗岩島金門詩鈔／素描集》、《末世桂冠──中詩英譯／版畫集》、《張國治短詩選》、《戰爭的顏色》、《歲月彩筆》、《無以名之的風景──張國治詩畫集》、《紋身──

張國治詩畫集》共十冊，散文集《愛戀情節》、《濱海箚記》、《家鄉在金門》、《藏在胸口的愛》、《寫給金門的一封信》共五冊，評論集《金門藝文鈎微》、《精神還鄉的時節》兩冊，以及攝影集《暗箱迷彩──張國治視覺意象攝影》、《由黑翻紅──張國治2009攝影集》等共十九冊。主編《臺灣文化創意產業大賞》上下兩冊，2013年由福建海峽出版社出版。

黑色可頌
——致于堅、懷念洛老

黑並不是一種顏色
我認定達文西所說的

黑對我從來難與涉及意象
我的黑是安哲羅普洛斯影像中
那一團相撞的黑傘
蔓延到眼前，渲染成一片
黑色的汪洋
黑既是屏障的雨、也是疏離的風
像少年在霧中軍港
解開纜繩的漂移，凝望星光
拱手交出的黑夜
無雨而悲傷

我的黑更像馬格利特畫中
筆直而沉默，雨點一樣
懸浮在屋上天空、空氣之中
自由落體圓禮帽的黑衣人

黑傘容易讓人想到死亡，玄又神祕
但于堅說在英國要買把傘
我有頂黑色鴨舌帽
有天洛老說我戴的帽跟他一樣造型
我一身黑衣卻始終漂浮不起來
可洛夫晚景卻從門縫見到卡夫卡
一樣深不可測的黑
黑越來越沉重
我還是喜歡洛老在黑裡
渲染開的水墨微笑

黑讓我經常到感到憂傷
但像你說的
明天太陽會升起
在法國你要吃個羊角麵包
在俄羅斯你要讀契科夫
但我開始對黑歌頌
不是那種狂妄
唯我獨尊的黑

而是真的讓我有點悲傷的
黑

慢慢的我發現黑色
不是一種悲傷而是期待

清明的詩

這時，落日向著你
45度方位，木麻黃群後開始降落
深紅，橘黃漸層

第四個清明了
我從福州、廈門，趁著小三通之便返金
趕在餘暉中，去看你
因為霧鎖金門，明日仍將返臺工作
公墓整潔，花崗石潔淨猶如新砌
斜陽從福德正神身後
拄杖手端元寶間，光芒射進
金門城，民庚辰年申冬
我端詳碑石刻記
左側白字姚歐陽孺人
懸缺著母親照片
你安詳躺著，等待來日
母親另一側同枕安眠，枕於島上暖暖
落日，習習春風或明朗月光中
捻香向你，我想我沒有什麼要告訴你的

除了那年，寫了一首紀念你的詩
治癒我對你的思念，還入選年度詩選

斜陽下，我並不憂鬱
春風襲拂，海風剛烈如往
除沙，拔除塋前雜草
披蓋五顏六色墓紙
瓶花，一對內地進口石獅守著你
我們兄弟四人燒紙錢
談論連戰六月三日將赴大陸
訪問，以及大陸投資種種
我老埋怨，你不走那麼早
我一定帶你回惠安，你走後
我已經替你走了一趟金廈海域
你如落日一樣沉寂，不語
一樣安詳，不再為病魔所苦

這時，落日向西沉沒
往尚義機場的波音飛機

嗡隆作響，機身劃過
天際，留下淡淡長煙

高粱稈

每天看著它,宿命地
插在我書案的瓶中。風乾
失卻水分乾枯的穗實,沉默
不語。它來自故鄉
花崗岩紅褐土之島,堅忍挺拔
每一粒殘穗都充滿風沙的神奇

但它隨我飄洋過海,書房內
依倚我素燒的陶器中
並且在城市裡,它的同伴有時也
陳示在華麗櫥窗飾品旁
且在眾喧嘩之中流露一份孤寂
錯愕些許命定的無奈吧?

每天看著它,我不由
悲哀起來。在家鄉
風乾高粱穗稈,我們綁成
掃帚用,在城市

它是櫥窗寵兒，所謂的
「乾燥花」，其實那是不相襯的
離開寬厚泥土
它只是不起眼的丑角
黯淡而有土氣，我何嘗不是？
在城市，我這顆原本溫潤
璞實的心田，也漸漸被風乾成
一株缺少生命力的
乾燥花

檔案

囚禁暗無天日，架上已編入序號
剝離暗沉這些人那些事的一角
是知識傳播鎖碼的平臺
歷史辯證終結的墳場
軍事間隙滲透的情報基地
政治鬥爭平息的戰場
愛情慾望失溫的祭壇

幽幽靜靜，不小心
射下一道光，闖入非臉非腳
沒有國籍的一隻手
向前查看歲月的護照，向後推開歷史的環扣
究竟要掀開那一件石破天驚的致命檔案？

孤懸月光
──2009年11月5日路過廈門環島南路，
離家鄉最近沙灘望向故鄉島嶼

路過廈門環島南路
漸深的秋夜
孤懸的滿月高高在上
循著沙灘遠處漸深漸遠
跳躍的銀波海面
月光不小心指引我回家的路
朋友說，對面就是金門
你可以向他喊話回家了

月光還是一樣的月光
無論是三十年前頻頻心戰喊話的夜晚
無論是小三通、直航
第三地區截彎取直的今晚
月光還是一樣的月光
孤懸在海之上

滿滿圓圓白月亮，一路探照
我回家的路，探照不斷推移浪潮

探照我無法逾越的圍籬，橫跨的鴻溝
繼續孤懸在那一堵
同文同種「一國兩制」漢字標語之上

美麗的存在

一條小路
已不介意
雜草叢生的圍籬
兀自往前
孤寂的存在

一條河流
絕不介意亂石
滑出慘綠
凋落的葉瓣
它只是經常歌唱地存在

一粒地糧
不介意腐蝕敗壞
動盪的土壤
翻一翻身
也只為美麗的存在

我呢！在城市
有我詩意的洞穴
我有我的路徑

紋身

不再修正了
午夜，驚險為營
經過筆端細密撫觸
一針一針信仰圖騰
正努力為浮世烙痕

要把生命每一個驚豔彩繪
每個讚歎轉折
縝密雕刻成
每一吋繁花盛果
要每一個撕裂意象溶於
每一吋肌膚汗孔之間
要每一條劃過痕跡繁複
卻仍然準確無誤
要每一刀力道
上下其手，溫柔有力
要虛無開鑿的語碼
訴說成有力思想真理
要想像集結

要悲壯完成
要如花境地圖騰
在暗夜美麗綻放

要在肉軀腐敗之前
澈底的美麗，輝煌一次

沒有指紋的人
招小波

走，到秦嶺撿一座別墅／彈片，是母親唯一的飾物／這兩株木棉一定認識我的父親／沒有指紋的人／律師事務所把監獄包圍／岳父在陰間當了小官／我拿金錶換蘭花／第一次住總統套房／我們在湖邊唸詩，魚就游了過來／當岳母講了貓的壞話／她所有的美都是淺淺的

香港先鋒詩歌協會會長，香港《流派》詩刊社社長兼主編，中國大灣區詩匯副主席。著有詩集《一秒的壯麗》(兩版)、《我用牙齒耕種鐵的時代》、《假如泰山站起中國的但丁》、《流浪的將軍》、《引力邊緣》、《十圍之樹》（合集）、《小雅：我寫中國當代詩人二百榜》、《七弦：我寫詩江湖111戶》等十一部。詩觀：詩人應該是戰士。

走，到秦嶺撿一座別墅

我曾在2015年
寫過一首詩
《走，到烏克蘭撿一輛坦克》
因為烏克蘭遍地坦克
無人認領

今天我要寫一首姊妹篇
《走，到秦嶺撿一座別墅》
當今秦嶺遍地別墅
也是無人認領

假如我學會挪移大法
我一定挑一座最大的別墅
把它挪移到香港
獻給露宿者們
因為他們是一群
無殼的蝸牛

彈片，是母親唯一的飾物

九旬的母親走的時候
我目睹她的肉身進入火爐
當骨灰還是熱的時候
殯葬師用一塊磁鐵
往骨灰裡吸

我說
你不用找了
母親是一名老八路
彈片
是她身體唯一的飾物

這兩株木棉一定認識我的父親

我在廣州六榕寺久久佇立
仰望兩株一臉滄桑的木棉
六祖身邊的這兩株樹
一定見過我的父親
一個甲子的磨難
它們挺了過來
像兩個歷史老人

廣州的六榕塔
和延安的寶塔
都是父親駐馬的地方
它們都沒有坍塌
今天，很多善信穿著道袍
在木棉樹下誦著經文

忽然，一朵木棉花
降落到我的懷裡

啊，這兩株木棉樹
一定把我
錯認為我的父親

沒有指紋的人

在香港往深圳的關口
一個女人被阻止出閘
因為電腦讀不到她的指紋
她已被當成一具行屍走肉

她怨道
是該死的麻將牌
把她的指紋磨平了

律師事務所把監獄包圍

看到高牆和哨塔
我便知道這裡是監獄
一個電話
把當大律師的弟弟
從釣魚場傳送到這個地方

通往監獄的路
律師事務所開得成市成行
如食街掛滿酒旗
令我嗅到生命之香

我想獄中的囚犯
一定感受到這種香火的供養
因為無數搭救他的手
正伸向他的鐵窗
而囚犯一時也成了財主

他在思量
那麼多手伸向他
該把飯遞給哪一雙

2017.4.1 寫於廣州某監獄門外

岳父在陰間當了小官

妻說已故的岳父
給她託了個夢
說他已在陰間當了小官
不用給他燒錢了
還說官雖小
但錢已用不完
將來我們下去時
還會關照我們

聽了岳父託的夢
我是多高興啊
即使生時沒享上清福
死後也過得舒坦
只是擔心
陰間裡的閻王
會不會進行反貪

2017.3.5

我拿金錶換蘭花

有幾年
我曾當起佩蘭的幽士
種了二百個品種的蘭花

瘋狂的我
曾把勞力士金錶換成蘭花
也想把自己變成一株哀蘭

多年後發現
國蘭的氣質
已潛移默化植入詩中
國蘭的鐵骨
也不可名狀嵌進筆尖

用金錶換蘭花
我憑一時的衝動
竟把生活的布景變換了

2019.4.6

第一次住總統套房

那年我在鄭州
任港資地產公司老總
適逢董事長北巡
我為他訂了總統套房
並邀約了政要見面

老闆私下詢問
為何要如此排場
我說你可以視為
公司的第一個廣告

任性的他當晚另起爐灶
與紅顏知己幽會
總統套房只剩下
我和我的一品夫人

我們喝了很多美酒
享盡了奢華與尊貴

那晚我回憶起知青年代
五指山下的茅草房
及綠蘿長在枕邊的日子

2018.8.1

我們在湖邊唸詩，魚就游了過來

那年的中秋
在深圳荔枝公園
我們在湖邊唸詩
魚就游了過來

那些當年偷聽的魚
如今還在嗎
我們投在湖邊的影子
還沉在湖底嗎

好想打撈湖中
那輪當年的明月
連同化作珊瑚的身影
和長成珍珠的詩句

當岳母講了貓的壞話

岳母在老家養了隻大貓
有次當著貓的面
說它中看不中用
第二天早上
當岳母打開門
赫然發現七條老鼠尾
擺在門口
而那隻貓，在舔著嘴笑

她所有的美都是淺淺的

她告訴我
她每夜會在四更醒來
她的夜是淺淺的

坐在我身旁的她
香氣也是淺淺的
如樸素的芳草

她有一條詩歌的河床
河床裡有玉石
浸潤河床的水也是淺淺的

假如她不經意地吻了你
我相信也是稚氣的吻
絕對是淺淺的

2017.7.2定稿

讀詩人138　PG2468

 十圍之樹
——當代華語詩壇十家詩

主　　編	洪郁芬
責任編輯	洪聖翔
圖文排版	蔡忠翰
封面設計	蔡瑋筠

出版策劃	釀出版
製作發行	秀威資訊科技股份有限公司
	114 台北市內湖區瑞光路76巷65號1樓
	電話：+886-2-2796-3638　傳真：+886-2-2796-1377
	服務信箱：service@showwe.com.tw
	http://www.showwe.com.tw
郵政劃撥	19563868　戶名：秀威資訊科技股份有限公司
展售門市	國家書店【松江門市】
	104 台北市中山區松江路209號1樓
	電話：+886-2-2518-0207　傳真：+886-2-2518-0778
網路訂購	秀威網路書店：https://store.showwe.tw
	國家網路書店：https://www.govbooks.com.tw
法律顧問	毛國樑　律師
總 經 銷	聯合發行股份有限公司
	231新北市新店區寶橋路235巷6弄6號4F
	電話：+886-2-2917-8022　傳真：+886-2-2915-6275

出版日期	2020年9月　BOD一版
定　　價	250元

國家圖書館出版品預行編目

十圍之樹：當代華語詩壇十家詩 / 洪郁芬主編.
-- 一版. -- 臺北市：釀出版, 2020.09
    面；   公分. -- (讀詩人 ; 138)
BOD版
ISBN 978-986-445-415-0(平裝)

831.8   109011402

讀者回函卡

感謝您購買本書，為提升服務品質，請填妥以下資料，將讀者回函卡直接寄回或傳真本公司，收到您的寶貴意見後，我們會收藏記錄及檢討，謝謝！
如您需要了解本公司最新出版書目、購書優惠或企劃活動，歡迎您上網查詢或下載相關資料：http:// www.showwe.com.tw

您購買的書名：＿＿＿＿＿＿＿＿＿＿＿＿＿＿＿＿＿＿＿＿＿＿＿＿＿＿

出生日期：＿＿＿＿＿年＿＿＿＿＿月＿＿＿＿＿日

學歷：□高中 (含) 以下　　□大專　　□研究所 (含) 以上

職業：□製造業　□金融業　□資訊業　□軍警　□傳播業　□自由業
　　　□服務業　□公務員　□教職　　□學生　□家管　　□其它＿＿＿＿

購書地點：□網路書店　□實體書店　□書展　□郵購　□贈閱　□其他

您從何得知本書的消息？

　□網路書店　□實體書店　□網路搜尋　□電子報　□書訊　□雜誌

　□傳播媒體　□親友推薦　□網站推薦　□部落格　□其他＿＿＿＿＿＿

您對本書的評價：(請填代號　1.非常滿意　2.滿意　3.尚可　4.再改進)

　封面設計＿＿＿　版面編排＿＿＿　內容＿＿＿　文／譯筆＿＿＿　價格＿＿＿

讀完書後您覺得：

　□很有收穫　□有收穫　□收穫不多　□沒收穫

對我們的建議：＿＿＿＿＿＿＿＿＿＿＿＿＿＿＿＿＿＿＿＿＿＿＿＿＿＿

＿＿＿＿＿＿＿＿＿＿＿＿＿＿＿＿＿＿＿＿＿＿＿＿＿＿＿＿＿＿＿＿＿

＿＿＿＿＿＿＿＿＿＿＿＿＿＿＿＿＿＿＿＿＿＿＿＿＿＿＿＿＿＿＿＿＿

＿＿＿＿＿＿＿＿＿＿＿＿＿＿＿＿＿＿＿＿＿＿＿＿＿＿＿＿＿＿＿＿＿

11466
台北市內湖區瑞光路 76 巷 65 號 1 樓

秀威資訊科技股份有限公司 收
BOD 數位出版事業部

....

（請沿線對折寄回，謝謝！）

姓　　名：＿＿＿＿＿＿＿＿　年齡：＿＿＿　性別：□女　□男

郵遞區號：□□□□□

地　　址：＿＿＿＿＿＿＿＿＿＿＿＿＿＿＿＿＿＿＿

聯絡電話：(日) ＿＿＿＿＿＿＿＿　(夜) ＿＿＿＿＿＿＿＿

E-mail：＿＿＿＿＿＿＿＿＿＿＿＿＿＿＿＿＿＿＿＿